This Book Belongs To:

_____

_____

_____

DREAM BIG

DREAM BIG

DREAM BIG

DREAM BIG

Dream Big

DREAM BIG

DREAM BIG

Dream Big

DREAM BIG

DREAM BIG

DREAM BIG

DREAM BIG

DREAM BIG

DREAM BIG

Dream Big

DREAM BIG

DREAM BIG

Dream Big

Dream Big

DREAM BIG

Dream Big

DREAM BIG

DREAM BIG

DREAM BIG

DREAM BIG

DREAM BIG

DREAM BIG

DREAM BIG

DREAM BIG

Dream Big

DREAM BIG

DREAM BIG

DREAM BIG

Dream Big

DREAM BIG

Dream Big

DREAM BIG

DREAM BIG

DREAM BIG

Dream Big

DREAM BIG

DREAM BIG

DREAM BIG

DREAM BIG

DREAM BIG

Dream Big

Dream Big

DREAM BIG

DREAM BIG

DREAM BIG

Dream Big

DREAM BIG

DREAM BIG

DREAM BIG

DREAM BIG

DREAM BIG

DREAM BIG

DREAM BIG

DREAM BIG

DREAM BIG

DREAM BIG

DREAM BIG

DREAM BIG

DREAM BIG

DREAM BIG

DREAM BIG

Dream Big

DREAM BIG

DREAM BIG

Dream Big

DREAM BIG

DREAM BIG

DREAM BIG

DREAM BIG

DREAM BIG

DREAM BIG

DREAM BIG

DREAM BIG

Dream Big

Dream Big

DREAM BIG

DREAM BIG

DREAM BIG

Dream Big

DREAM BIG

Dream Big

DREAM BIG

DREAM BIG

DREAM BIG

DREAM BIG

DREAM BIG

DREAM BIG

DREAM BIG

DREAM BIG

DREAM BIG

DREAM BIG

DREAM BIG

DREAM BIG

DREAM BIG

DREAM BIG

DREAM BIG

DREAM BIG

DREAM BIG

DREAM BIG

DREAM BIG

Dream Big

DREAM BIG

DREAM BIG

DREAM BIG

Made in the USA
Las Vegas, NV
30 July 2021